AF549507

Josef Paleček, geboren in Iglau in der ehemaligen Tschechoslowakei. Er studierte Kunsterziehung an der pädagogischen Fakultät der Karlsuniversität in Prag. Anschließend begann er mit selbstständigen Arbeiten als freier Grafiker, Maler und Illustrator. Verschiedene Ausstellungen in der Tschechoslowakei und im Ausland machten ihn international bekannt. Josef Paleček engagiert sich seit vielen Jahren für die Leseförderung und für die Kunstvermittlung. Er lebt in Prag.

Lektorat: Andrea Naasan
Druck und Bindung: Livonia Print, Riga, Lettland
ISBN 978-3-314-10224-0
2. Auflage im Sternchen-Format 2021

www.nord-sued.com
Bei Fragen, Wünschen oder Anregungen schreiben Sie bitte an:
info@nord-sued.com

Der NordSüd Verlag wird vom Bundesamt für Kultur mit einem Strukturbeitrag für die Jahre 2021–2024 unterstützt.

Brüder Grimm · Josef Paleček

Die Bremer Stadtmusikanten

Nord
Süd

Es hatte ein Mann einen Esel, der schon lange Jahre die Säcke unverdrossen zur Mühle getragen hatte. Nun gingen aber seine Kräfte zu Ende, und er wurde zur Arbeit immer untauglicher.
Da dachte sein Herr daran, ihn schlachten zu lassen. Bald aber merkte der Esel, dass kein guter Wind wehte. Er lief fort und machte sich auf den Weg nach Bremen. Dort, so meinte er, könnte er ja Stadtmusikant werden.

Als er ein Weilchen gegangen war, fand er einen Jagdhund auf dem Weg liegen, der japste wie einer, der sich müde gelaufen hat.
»Nun, was schnaufst du so, Packan?«, fragte der Esel.
»Ach«, sagte der Hund, »weil ich alt bin und jeden Tag schwächer werde, auch auf der Jagd nicht mehr so schnell, hat mich mein Herr totschlagen wollen. Da habe ich Reißaus genommen. Aber womit soll ich nun mein Brot verdienen?«
»Weißt du was?«, sprach der Esel. »Ich gehe nach Bremen und werde dort Stadtmusikant. Geh mit mir und lass dich auch bei der Musik aufnehmen! Ich spiele die Laute, und du schlägst die Pauken.«
Der Hund war zufrieden, und sie gingen weiter.

Es dauerte nicht lange, da saß eine Katze am Weg und machte ein Gesicht wie drei Tage Regenwetter.
»Nun, was ist dir in die Quere gekommen, alter Bartputzer?«, fragte der Esel.
»Wer kann da lustig sein, wenn es einem an den Kragen geht?«, antwortete die Katze. »Weil ich nun in die Jahre komme, meine Zähne stumpf werden und ich lieber hinter dem Ofen sitze und schlafe, als nach Mäusen herumzujagen, hat mich meine Herrin ertränken wollen. Ich habe mich zwar noch rechtzeitig fortgemacht, aber nun ist guter Rat teuer: Wo soll ich hin?«
»Geh mit uns nach Bremen. Du verstehst dich doch auf Nachtmusik, da kannst du mit uns Stadtmusikant werden.«
Die Katze hielt das für eine gute Idee und ging mit.

Darauf kamen die drei Landesflüchtigen an einem Hof vorbei. Da saß auf dem Tor der Haushahn und schrie aus Leibeskräften.
»Du schreist einem durch Mark und Bein«, sprach der Esel. »Was hast du vor?«
»Ich habe gutes Wetter prophezeit«, sprach der Hahn. »Aber weil morgen am Sonntag Gäste kommen, hat die Hausfrau der Köchin gesagt, sie wollte mich morgen in der Suppe essen. Heute Abend sollte ich mir den Kopf abschneiden lassen. Nun schrei ich aus vollem Hals, solange ich noch kann.«
»Ei was, du Rotkopf!«, sagte der Esel. »Zieh lieber mit uns fort, wir gehen nach Bremen, etwas Besseres als den Tod findest du überall. Du hast eine gute Stimme, und wir können zusammen musizieren.«
Dem Hahn gefiel der Vorschlag, und sie gingen alle vier zusammen fort.

Sie konnten aber die Stadt Bremen an einem Tag nicht erreichen und kamen abends in einen Wald, wo sie übernachten wollten.

Der Esel und der Hund legten sich unter einen großen Baum, die Katze und der Hahn machten es sich in den Ästen bequem, der Hahn flog bis an die Spitze, wo es am sichersten für ihn war. Ehe er einschlief, sah er sich noch einmal nach allen vier Windrichtungen um. Da war es ihm, als sähe er in der Ferne ein Fünkchen brennen. Und er rief seinen Freunden zu, es müsste gar nicht weit ein Haus sein, denn es scheine ein Licht.

Da sprach der Esel: »So müssen wir uns aufmachen und noch hingehen, denn hier ist die Herberge schlecht.«

Der Hund meinte, ein paar Knochen mit etwas Fleisch daran täten ihm auch gut.

Also machten sie sich auf den Weg zu dem Ort, wo das Licht war. Sie sahen es bald heller schimmern, und es wurde immer größer, bis sie vor ein hell erleuchtetes Räuberhaus kamen.

Der Esel, als der Größte, näherte sich dem Fenster und schaute hinein.
»Was siehst du, Grauschimmel?«, fragte der Hund.
»Was ich sehe?«, antwortete der Esel. »Einen gedeckten Tisch mit schönem Essen und Trinken, und Räuber sitzen daran und lassen es sich wohl sein.«
»Das wäre was für uns«, sprach der Hahn.
»Ja, ja, ach, wären wir da!«, sagte der Esel.
Da berieten sich die Tiere, wie sie es anfangen müssten, um die Räuber hinauszujagen. Endlich fanden sie ein Mittel.
Der Esel musste sich mit den Vorderfüßen auf das Fenster stellen, der Hund auf des Esels Rücken springen, die Katze auf den Hund klettern, und endlich flog der Hahn hinauf und setzte sich der Katze auf den Kopf.

Wie das geschehen war, fingen sie auf ein Zeichen zusammen an,
ihre Musik zu machen:
Der Esel schrie,
der Hund bellte,
die Katze miaute,
und der Hahn krähte.
Dann stürzten sie durch das Fenster in die Stube hinein, dass die Scheiben klirrten. Die Räuber fuhren bei dem entsetzlichen Geschrei in die Höhe, meinten, ein Gespenst käme herein, und flohen in den Wald hinaus.

Nun setzten sich die vier Freunde an den Tisch, nahmen mit dem vorlieb, was übrig geblieben war, und aßen, als wenn sie vier Wochen hungern sollten. Als die vier Spielleute fertig waren, löschten sie das Licht aus und suchten sich eine Schlafstätte, jeder nach seiner Natur und Bequemlichkeit.
Der Esel legte sich auf den Mist, der Hund hinter die Tür, die Katze auf den Herd mit der warmen Asche, und der Hahn setzte sich auf den Hahnenbalken. Und weil sie müde waren von ihrem langen Weg, schliefen sie auch bald ein.

Als Mitternacht vorbei war und die Räuber von Weitem sahen, dass kein Licht mehr im Haus brannte, auch alles ruhig schien, sprach der Hauptmann: »Wir hätten uns doch nicht sollen ins Bockshorn jagen lassen«, und befahl einem Räuber, er solle zum Haus gehen und nachsehen.

Der Räuber fand alles still, ging in die Küche, um ein Licht anzuzünden, und weil er die glühenden, feurigen Augen der Katze für lebendige Kohlen ansah, hielt er ein Schwefelhölzchen daran, dass es Feuer fangen sollte. Aber die Katze verstand keinen Spaß, sprang ihm ins Gesicht, spie und kratzte. Da erschrak er gewaltig, lief und wollte zur Hintertür hinaus. Aber der Hund, der da lag, sprang auf und biss ihn in die Beine. Und als er über den Hof am Mist vorbeirannte, gab ihm der Esel noch einen tüchtigen Tritt mit dem Hinterfuß.

Der Hahn aber, der vom Lärmen aus dem Schlaf geweckt und munter geworden war, rief vom Balken herab: »Kikeriki!«
Da lief der Räuber, so schnell er konnte, zu seinem Hauptmann zurück und sprach:
»Ach, in dem Haus sitzt eine gräuliche Hexe, die hat mich angehaucht und mir mit ihren langen Fingern das Gesicht zerkratzt.
Und vor der Tür steht ein Mann mit einem Messer, der hat mich ins Bein gestochen. Und auf dem Hof liegt ein schwarzes Ungetüm, das hat mit einer Holzkeule auf mich losgeschlagen.
Und oben auf dem Dach sitzt der Richter, der rief: ›Bringt mir den Schelm her!‹
Da machte ich, dass ich fortkam.«

Von nun an trauten sich die Räuber nicht weiter in das Haus. Den vier Bremer Musikanten gefiel es aber so gut darin, dass sie nicht wieder herauswollten.
Von Tag zu Tag fühlten sie sich wohl und lebten noch lange Zeit fröhlich miteinander.